T0054735

STEFAN ZWEIG

MENDEL, EL DE LOS LIBROS

ALMA CLÁSICOS ILUSTRADOS

STEFAN ZWEIG

MENDEL, EL DE LOS LIBROS

Traducción de Itziar Hernández Rodilla

Ilustrado por
Marc Pallarès

Título original: *Buchmendel*

© de esta edición:
Editorial Alma
Anders Producciones S.L., 2023
www.editorialalma.com

 @almaeditorial

© de la traducción: Itziar Hernández Rodilla

© de las ilustraciones: Marc Pallarès

Diseño de la colección: lookatcia.com
Diseño de cubierta: lookatcia.com
Maquetación y revisión: LocTeam, S.L.

ISBN: 978-84-18933-54-7
Depósito legal: B116-2023

Impreso en España
Printed in Spain

Este libro contiene papel de color natural de alta calidad que no amarillea (deterioro por oxidación) con
el paso del tiempo y proviene de bosques gestionados de manera sostenible.

MENDEL,
EL DE LOS LIBROS

H abiendo regresado a Viena y de camino a casa de una visita, me pilló en los arrabales de la ciudad un chaparrón imprevisto, cuyo azote húmedo hizo a la gente escapar bajo porches y portales, y también yo busqué sin demora un refugio en el que resguardarme. Por fortuna, en Viena espera en cada esquina un café, así que me refugié en el que me quedaba justo enfrente, con el sombrero ya chorreando y los hombros bien empapados. Resultó ser el habitual café de periferia, casi esquemático, sin las imitaciones a la última moda de los cafés cantantes del centro, que copian a los alemanes; un café al estilo burgués de la vieja Viena y a rebosar de gente humilde que consume más periódicos que pasteles. A esa hora, al caer la tarde, de hecho, el aire, en cualquier caso sofocante, estaba densamente veteado de aros de humo azul, pese a lo cual el café parecía limpio, con sus sofás de peluche obviamente nuevos y sus cajas registradoras de aluminio reluciente; con la prisa no me había tomado la molestia de leer su nombre fuera, ¿para qué? Y ahora, ya sentado al calor, miraba impaciente a través de los cristales bañados de azul para ver cuándo la molesta lluvia tendría a bien desplazarse un par de kilómetros más lejos.

Estaba, pues, ociosamente sentado, y comenzaba ya a vencerme esa perezosa pasividad que fluye invisible y narcótica en todo café vienés auténtico. Con este sentimiento vacío, observé a la gente, a la que la luz artificial de aquella sala llena de humo sombreaba los ojos de gris enfermizo; miré a la señorita de la caja registradora y cómo repartía mecánicamente azucarillo y cucharilla en cada taza de café para el camarero; leí medio dormido y sin prestarles atención los carteles indiferentes de las paredes, y esta especie de atontamiento casi me sentaba bien. Pero un sobresalto curioso me despertó de mi duermevela, se produjo en mí un movimiento interior, un desasosiego vago, como cuando empieza un leve dolor de muelas del que uno no sabe aún si viene de la izquierda, de la derecha, de la mandíbula superior o de la inferior; solo sentía una tensión imprecisa, una intranquilidad del espíritu. Pues, en ese momento —no podría haber dicho por qué—, fui consciente de que debía de haber estado en aquel lugar ya hacía años y de que aquellas paredes, aquellos asientos, aquellas mesas, aquella sala desconocida y llena de humo estaban vinculados a algún recuerdo.

Pero, cuanto más empujaba la voluntad hacia ese recuerdo, más malicioso y escurridizo retrocedía él, como una medusa que se ilumina indecisa en la capa más profunda de la consciencia y, sin embargo, no es posible asir, no es posible atrapar. En vano fijé la mirada en cada objeto de mi entorno; desde luego, había cosas que no conocía, como la caja registradora, por ejemplo, con su tintineante calculadora automática, y tampoco el revestimiento marrón de la pared, de falso palisandro: todo esto debían de haberlo montado más tarde. Y sin embargo... Sin embargo, yo había estado ya allí una vez hacía veinte años, puede que más, y había quedado allí prendido, oculto en lo invisible como un clavo en la madera, algo de mi propio yo, dejado atrás hacía mucho. A la fuerza, agucé y extendí mis sentidos por el salón y, al mismo tiempo, hacia mí mismo... Y, no obstante, maldita sea, no lograba alcanzar aquel recuerdo desaparecido, ahogado en mi interior.

Me enfadé como se enfada uno siempre cuando algún fracaso lo apercibe de la insuficiencia y la imperfección de sus facultades intelectuales. Pero no abandoné la esperanza de conseguir llegar a ese recuerdo. Me bastaría un mínimo detalle en el que hacer presa, lo sabía, pues mi memoria es de tal índole que, para lo bueno y para lo malo, resulta por un lado terca y caprichosa, pero luego indescriptiblemente fiel. Absorbe a menudo en sus penumbras lo más importante, tanto de los acontecimientos como de los rostros, tanto de lo leído como de lo vivido, y no destila nada de dicho inframundo si no se la obliga a ello por puro ejercicio de la voluntad. Pero me basta asir el más volátil de los apoyos, una postal, un par de trazos en un sobre, una hoja de periódico ahumada, y enseguida centellea lo olvidado como un pez en un anzuelo que surge de la superficie fluida y oscura, sensitivo y lleno de vida. En ese momento conozco cada detalle de una persona, su boca y, en la boca, las mellas de la dentadura a la izquierda cuando ríe, y el sonido quebrado de su risa y cómo, cuando ríe, se le estremece el bigote y surge así otro rostro, nuevo, de esa risa: todo eso lo veo, entonces, de inmediato, y sé después de años cada palabra que ese hombre me dijo en su momento. Pero siempre necesito, para ver y sentir al completo el pasado, un estímulo de los sentidos, una mínima ayuda de la realidad. Así que cerré los ojos para pensar con más intensidad, para formar y asir ese anzuelo secreto. ¡Pero nada! ¡Nada una vez más! ¡Enterrado y olvidado! Y me enfurecí de tal modo con la mente horrible y caprichosa entre mis sienes que podría haberme dado de puñetazos en la frente, como se sacude una máquina estropeada que nos niega contra derecho en un restaurante automático lo solicitado. No, ya no podía seguir sentado tranquilo, tanto me agitaba aquel fracaso del intelecto, y me levanté de pura rabia para desahogarme. Pero, fue curioso, apenas hube dado unos pasos por el local, comenzó a hacerse en mí ese primer albor fosforescente, lleno de brillo y resplandor. A la derecha de la caja registradora, recordé, se podía entrar en un salón sin ventanas, iluminado solo por luz artificial. Y, de hecho, así era. Ahí estaba, empapelado de otra manera, pero por lo demás con las mismas dimensiones, aquel salón trasero rectangular, de contornos difusos: el salón de juego. Por instinto, miré a mi alrededor cada objeto, con los nervios vibrando de felicidad (enseguida lo sabría todo, sentí). Dos mesas de billar yacían allí sin uso, como dos silenciosos pantanos verdes; en los rincones se agazapaban mesas de cartas, en una de las cuales jugaban al ajedrez dos consejeros o catedráticos. Y en el rincón, justo al lado de la estufa de hierro, por donde se iba al locutorio, había una mesita cuadrada. Y ahí fue donde de pronto me vino todo. Lo supe de inmediato, al instante, con una sola sacudida cálida y feliz: Dios mío, ahí era donde se sentaba Mendel, Jakob Mendel, «Mendel, el de los Libros», y yo había dado de nuevo, después de veinte años, con su cuartel general, con el Café Gluck, en lo alto de la calle Alser. Jakob Mendel, cómo podía haber olvidado, durante un tiempo tan inexplicablemente largo, a ese hombre tan especial y fabuloso, a esa peculiar maravilla del mundo, célebre en la universidad y en un círculo íntimo y reverente;

cómo había podido perder el recuerdo de aquel corredor de libros, aquel mago de los libros, que se sentaba aquí todos los días sin falta, de la mañana a la noche, ¡emblema del saber, fama y honor del Café Gluck!

Y solo un segundo de volver la mirada hacia dentro me bastó para que su figura inconfundible surgiese de las manchas luminosas tras los párpados. Lo vi de inmediato ante mí, sentado como siempre en la mesita cuadrada, cuyo tablero de mármol, gris ya de la suciedad, estaba todo el tiempo cubierto de libros y papeles. Sentado con constancia inquebrantable, la mirada enmarcada por las gafas, hipnóticamente fija en un libro; sentado y, mientras leía, tarareando desafinado, mecía adelante y atrás el cuerpo y la calva deslustrada y salpicada de manchas: una costumbre adquirida en el jéder, la escuela elemental judía del Este. Ahí, en esa mesa y solo en ella, leía sus catálogos y libros, como le habían enseñado a leer el Talmud, cantando en voz baja mientras se balanceaba, como una cuna negra que se mece. Porque, como un niño que se duerme y se aleja del mundo gracias a este sube y baja rítmicamente hipnótico, es opinión de los devotos que también el espíritu entra con más facilidad en la gracia del ensimismamiento ayudado por este balanceo del cuerpo inactivo. Y, de hecho, este Jakob Mendel no veía ni oía nada de lo que sucedía a su alrededor. Junto a él hacían ruido y alborotaban los jugadores de billar, corrían los mozos del café, sonaba metálico el teléfono, se fregaba el pavimento, se alimentaba la estufa, y él no se enteraba de nada. Una vez una brasa cayó de la estufa, el *parquet* comenzó a oler a quemado y a echar humo a dos pasos de él, y solo entonces el infernal hedor llamó la atención sobre el peligro a un cliente, que se precipitó veloz a apagar la humareda; él, sin embargo, Jakob Mendel, a un par de centímetros y ya adobado por el humo, no se había enterado de nada. Porque estaba leyendo, como otros rezan, como los jugadores juegan y los borrachos aturdidos miran al vacío, él leía con un ensimismamiento tan conmovedor que toda lectura de otras personas me ha parecido siempre, desde entonces, profana. En este baratillero de libros oriundo de Galitzia, Jakob Mendel, descubrí por primera vez en mi juventud el gran misterio de la concentración total, que iguala al artista con el erudito, al auténtico sabio con el demente, la trágica felicidad e infelicidad de la total obsesión.

Me había enviado a él un antiguo compañero de la universidad. Entonces yo investigaba al, aún hoy día, muy poco reconocido médico paracelsista y magnetizador Mesmer, a decir verdad con poca fortuna, pues las obras que encontraba se demostraban insuficientes y el bibliotecario, al que yo, novato ingenuo, había pedido información, me había gruñido poco amable que la investigación bibliográfica era cosa mía, no suya. Entonces, uno de mis compañeros me mencionó por primera vez su nombre.

—Te llevaré donde Mendel —me prometió—, que lo sabe todo y lo consigue todo; él te encontrará el libro más olvidado de la librería de viejo alemana más recóndita. El hombre más eficiente de Viena y, además, un original, un primitivo dinosaurio de los libros en vías de extinción.

Así que fuimos los dos juntos al Café Gluck, y sí, allí estaba sentado Mendel, el de los Libros, con sus gafas, la barba descuidada, vestido de negro y leyendo mientras se balanceaba como un arbusto negro al viento. Nos acercamos y no se dio cuenta. Solo estaba allí sentado, leyendo, y su tronco oscilaba como una pagoda, adelante y atrás sobre la mesa, y tras él se balanceaba colgado en la silla su resquebrajado paletó negro, igualmente llenito de periódicos y papelotes. Para anunciarnos, mi amigo tosió fuerte. Pero Mendel, las gruesas gafas plantadas en el libro, siguió sin vernos. Por fin, mi amigo dio unos golpecitos en el tablero de la mesa, igual de fuerte que se llama a una puerta; y entonces, al cabo, nos miró Mendel, se levantó las toscas gafas de marco de acero mecánicamente sobre la frente y, bajo las erizadas cejas gris ceniza, se clavaron en nosotros dos curiosos ojillos negros, despiertos, vivos, agudos y danzarines como la lengua de una víbora. Mi amigo me presentó y yo expliqué mi deseo, para lo que mi primera artimaña —mi amigo me la había recomendado encarecidamente— fue quejarme, como enfadado, del bibliotecario que no me había querido dar ninguna información. Mendel se recostó en la silla y escupió con cuidado. Luego se rio brevemente y, con una fuerte jerigonza del Este, me dijo:

—No ha querido, ¿eh? No, ¡no ha podido! Un *parch* es lo que es, un asno apaleado de pelo gris. Lo conozco bien, Dios nos asista, desde hace veinte años, y no ha aprendido nada en ese tiempo. Embolsarse el sueldo es lo único que hace. Mejor fuera que se dedicasen a pelar ladrillos esos doctos señores, en vez de a los libros.

Descargando de esta forma el corazón rompió el hielo, y un manso ademán me invitó por primera vez a la mesa de mármol cuadrada, abarrotada de notitas, ese altar aún desconocido para mí de las revelaciones bibliófilas. Expliqué lo que quería en un decir amén: las obras contemporáneas sobre magnetismo, así como los libros posteriores y las polémicas a favor y en contra de Mesmer; en cuanto hube terminado, Mendel guiñó el ojo izquierdo un segundo, como un tirador antes de disparar. Pero de verdad no fue más que un instante lo que duró ese gesto de atención concentrada, antes de enumerar enseguida de corrido, como leyendo de un catálogo invisible, dos o tres docenas de libros, cada uno con su lugar y año de edición, y un precio aproximado. Me dejó estupefacto. Aunque estaba preparado, no esperaba algo así. Y mi perplejidad pareció sentarle bien, pues, al instante, siguió tocando en el teclado de su memoria las paráfrasis bibliotecarias más maravillosas sobre mi tema. ¿Quería yo también saber algo sobre el sonambulismo y sobre los primeros intentos de hipnosis? ¿Y sobre Gaßner, las invocaciones demoníacas y la Christian Science y la Blavatsky? De nuevo crepitaron los nombres, los títulos, las descripciones; solo entonces comprendí con qué maravilla de la memoria única había dado en Jakob Mendel, con una enciclopedia, de hecho, un catálogo universal sobre dos piernas. Como mareado observé a aquel fenómeno bibliográfico envuelto en la cubierta poco vistosa, incluso algo mugrienta, de un pequeño baratillero de libros oriundo de Galitzia que, después de haberme soltado unos ochenta nombres como al descuido, aunque en su interior satisfecho de haber cantado triunfo, se limpió las gafas con un pañuelo de bolsillo que puede que hubiese sido alguna vez blanco. Para disimular un poco mi asombro, pregunté algo titubeante cuáles de aquellos libros podía conseguirme en el mejor de los casos.

—Bueno, ya se verá lo que se puede hacer —refunfuñó—. Vuelva mañana y Mendel le habrá conseguido algo, y lo que no haya encontrado, lo encontraré en otro sitio. Dinero en mano, todo es llano.

Le di las gracias educadamente y, por pura cortesía, cometí la impulsiva bobada de ofrecerme a anotarle los títulos

deseados en una hojita de papel. Nada más hacerlo, noté un codazo de advertencia de mi amigo. Pero ¡demasiado tarde! Mendel ya me había echado una mirada —¡qué mirada!—, una mirada a la vez triunfal y ofendida, burlona y calculadora, digna de un rey, la mirada shakespeariana de Macbeth cuando Macduff exige al héroe imbatido que se rinda sin luchar. Luego se rio de nuevo brevemente, la gran nuez rodando arriba y abajo de manera curiosa en la garganta, como si se hubiese tragado una palabra grosera con dificultad. Y habría estado en su derecho de haber usado cualquier grosería imaginable, el bueno, el honrado Mendel, pues solo un extraño, un ignorante (un *amhorez,* como diría él) podía haberle sugerido algo tan ofensivo, a él, Jakob Mendel: a él, Jakob Mendel, anotarle el título de un libro como a un aprendiz de librero o al empleado de una biblioteca, como si aquella mente librera incomparable, diamantina, fuese a necesitar alguna vez una ayuda tan vulgar. Solo más tarde entendí lo mucho que debía de haber molestado su singular genio con aquella oferta cortés, pues aquel judío oriundo de Galitzia, pequeño, arrugado, por completo envuelto en su barba y, además, jorobado, Jakob Mendel, era un titán de la memoria. Tras aquella frente calcárea, sucia, cubierta de musgo gris, se recogían en la escritura invisible del cerebro, como estampados con acero moldeado, todos los nombres y títulos que habían sido alguna vez impresos en la portada de un libro. Conocía, de todas las obras, hubieran salido ayer o hacía doscientos años, al instante y con exactitud, el lugar de edición, el editor, el precio, nuevo y de viejo, y recordaba de cada libro, con visión libre de errores, también la encuadernación y las ilustraciones y los suplementos en facsímil; veía cada obra, la hubiese tenido en las manos o la hubiese atisbado solo de lejos en un escaparate o una biblioteca, con la misma claridad que el artista su creación aún interior e invisible para el resto del mundo. Recordaba, cuando por ejemplo un libro se ofrecía en el catálogo de una librería de viejo de Ratisbona por seis marcos, enseguida que otro ejemplar del mismo libro se había vendido hacía dos años en una subasta vienesa por cuatro coronas, y también quién lo había comprado; no: Jakob Mendel no olvidaba nunca un título, una cifra, conocía cada planta, cada infusorio, cada estrella en el cosmos eternamente oscilante y siempre giratorio del universo de los libros. Sabía en cada materia más que los expertos, dominaba las bibliotecas mejor que los bibliotecarios, conocía de memoria los almacenes de gran parte de las casas editoras mejor que sus dueños, pese a sus fichas y ficheros, mientras que él solo disponía de la magia del recuerdo, de aquella memoria incomparable, auténtica, como explicitaban un centenar de ejemplos. De hecho, aquella memoria solo se podía haber formado de manera tan diabólicamente infalible gracias al misterio eterno tras cualquier perfección: la concentración. Aparte de sobre libros, esta curiosa persona no sabía nada del mundo, pues todos los fenómenos de la existencia comenzaban para él a ser verdaderos solo cuando se refundían en letras, cuando se habían reunido y esterilizado en la página. Pero tampoco los libros los leía en el sentido propio, en cuanto a su contenido intelectual y narrativo: solo su nombre, su precio, su aspecto, su portada atraían su pasión. Improductiva y poco creativa en última instancia, nada más que un índice de cien mil entradas de títulos y nombres estampados en la blanda corteza cerebral de un mamífero, en vez de escritos en un catálogo como era habitual, esta memoria de librero específica de Jakob Mendel era, sin embargo, en su perfección única, un fenómeno no menor que el de Napoleón para la fisonomía, el de Mezzofanti para los idiomas, la de un Lasker para las aperturas de ajedrez, la de un Busoni para la música. Aplicado a un seminario, a un cargo público, aquel cerebro habría instruido y asombrado a miles, cientos de miles de estudiantes y eruditos, fértil para el saber, una ganancia incomparable para esas cámaras del tesoro públicas a las que llamamos bibliotecas. Pero este mundo superior estaba para él, el pequeño baratillero de libros sin instrucción oriundo de Galitzia, que no había acabado mucho más que su escuela del Talmud, cerrado para siempre; así pues, aquellas fantásticas capacidades no se desarrollaban más que como ciencia secreta en aquella mesa de mármol del Café Gluck. No obstante, si alguna vez la gran psicología (nuestro mundo intelectual carece aún de tal obra), que ordena y clasifica, con tanta perseverancia y paciencia como Buffon la variedad de animales, en su caso todas las variedades, especies y formas primitivas de ese poder mágico que llamamos memoria, la describe por separado y la expone en sus variantes, debería estudiar la de Jakob Mendel, este genio de los precios y los títulos, este maestro innombrado del saber del libro de viejo.

De profesión y para quienes no sabían, Jakob Mendel no era, por supuesto, nada más que un tratantillo de libros. Todos los domingos aparecían en la *Nueva Prensa Libre* y en la *Nueva Gaceta Vienesa* los mismos anuncios típicos: «Se compran libros viejos, se pagan los mejores precios, se acude de inmediato. Mendel, en lo alto de la calle Alser», y luego un número de teléfono que, en realidad, era el del Café Gluck. Mendel huroneaba almacenes, arrastraba con un viejo mozo de cuerda de grandes mostachones, cada semana, un nuevo botín a su cuartel general y, desde allí, de nuevo a donde fuese, porque para el comercio ordenado de libros carecía de licencia. Así que seguía siendo un baratillero, con una actividad poco rentable. Los estudiantes le compraban sus libros de texto: por sus manos pasaban de los cursos superiores a los más jóvenes; además, negociaba y facilitaba cualquier obra que se buscase por un mínimo suplemento. Con él, los buenos consejos eran baratos. Pero el dinero no tenía lugar en su mundo, pues nunca nadie lo había visto llevar otra cosa que la misma chaqueta raída, comer a mediodía otra cosa que un bocado que le traían de la fonda, tomar por la mañana, por la tarde y por la noche otra cosa que leche con dos panecillos. No fumaba, no jugaba, se podría decir que no vivía, solo los ojos estaban vivos tras las gafas y alimentaban el cerebro de aquel enigmático ser de manera incesante con palabras, títulos y nombres. Y la masa blanda, fértil, adsorbía ávida esta abundancia, como un prado las miles y más miles de gotas de la lluvia. Las personas no le interesaban y, de todas las pasiones del hombre, conocía tal vez solo una, puede que la más humana: la vanidad. Si alguien acudía a él en busca de información, fatigosamente buscada ya en otros cien lugares, y él podía dársela al instante, ya eso solo le proporcionaba satisfacción, placer, y quizá también que en Viena y sus arrabales vivían un par de docenas de personas que respetaban y necesitaban sus conocimientos. En cada uno de los conglomerados informes de millones de personas que llamamos metrópolis hay siempre, desperdigadas por unos cuantos puntos, algunas facetas mínimas que reflejan un mismo universo único en superficies minúsculas, invisibles para la mayoría, valiosas solo para el entendido, el hermano en la pasión. Y estos entendidos de los libros conocían todos a Jakob Mendel. Igual que alguien que buscaba consejo sobre una partitura se dirigía a Eusebius Mandyczewski en la Sociedad de Amigos de la Música, y lo encontraba allí, con un casquetito gris en la cabeza, sentado cordial entre sus actas y notas, y con la primera mirada resolvía ya sonriente los mayores de los problemas; igual que aún hoy quien necesita información sobre el teatro y la cultura de la vieja Viena no deja de ir a ver al omnisciente padre Glossy;[1] con la misma confianza consideraban obvio peregrinar al Café Gluck, en busca de Jakob Mendel, los pocos bibliófilos vieneses devotos cuando tenían un hueso duro que roer. Una consulta de este estilo con Mendel me suponía, joven curioso, un deleite muy particular. Mientras que, cuando se le presentaba un libro menor, él solo cerraba la tapa desdeñoso y refunfuñaba: «Dos coronas»; ante alguna rareza o un ejemplar único, se apartaba lleno de respeto, colocaba una hoja de papel debajo y se veía que se avergonzaba de sus dedos sucios, entintados, de negras uñas. Entonces comenzaba a hojear, con ternura y cuidado, con un inmenso respeto, el raro ejemplar, página a página. Nadie podía molestarlo en esos segundos, igual que no se puede molestar a un creyente auténtico en su oración, y de hecho este mirar, tocar,

---

1 Karl Glossy (1848-1937) fue director de la Biblioteca y del Museo de la Ciudad de Viena, y era investigador en literatura y teatro. Fue el primer impulsor de la investigación de archivo en literatura. [N. de la T.]

oliscar, sopesar cada uno de estos trámites tenía algo de ceremonioso, de la sucesión reglada por el culto de un acto religioso. Acunaba la torcida espalda adelante y atrás, mientras gruñía y refunfuñaba, se rascaba la cabeza, emitía curiosos grititos primitivos, un dilatado y casi temeroso «Ah», un «Oh» de pasmado asombro y luego, de nuevo, un rápido sobresaltado «Ay» o «Ayayay» si faltaba una página o había una hoja como roída. Por fin, sopesaba con veneración el mamotreto en la mano, olfateaba y olía el obstinado cuadrilátero con los ojos entornados, no menos conmovido que una muchacha sentimental un nardo. Durante ese prolijo procedimiento, el dueño debía, por supuesto, no distraer su paciencia. Una vez terminado el examen, sin embargo, Mendel daba solícito, incluso entusiasmado, toda información, a la que añadía infaliblemente bravuconas anécdotas y dramáticos informes de precio de ejemplares similares. Parecía volverse más lúcido, más joven, más vivo en esos instantes, y solo una cosa podía enfadarlo mucho: si quizás un bisoño le ofrecía dinero por semejante tesoro. Entonces retrocedía ofendido como el empleado de una galería al que un americano de paso quisiera dejarle en la mano, por su aclaración, una propina; pues poder tener en la mano un libro valioso significaba para Mendel lo que para otros un encuentro con una mujer. Esos momentos eran sus noches de amor platónicas. Solo el libro, nunca el dinero, tenía

poder sobre él. En vano intentaban grandes coleccionistas, entre ellos también los fundadores de la Universidad de Princeton, conquistarlo como consejero y comprador para sus bibliotecas: Jakob Mendel se negaba; no podía pensar en ningún otro sitio que en el Café Gluck. Hacía treinta y tres años, con una barba negra aún suave y tupida, y tirabuzones en las sienes, había llegado a Viena para estudiar el rabinato aquel aún joven encorvado del Este; pero pronto había abandonado al duro Dios único Jehová para entregarse al politeísmo reluciente y facetado de los libros. Entonces había encontrado refugio en el Café Gluck, que poco a poco se fue convirtiendo en su despacho, su cuartel general, su oficina de correos, su mundo. Como un astrónomo contempla a solas en su observatorio, a través de la minúscula mirilla del telescopio, todas las noches, la miríada de estrellas, sus misteriosos cursos, su cambiante caos, su extinción y su renacimiento, así miraba Jakob Mendel a través de sus gafas, desde aquella mesa cuadrada, hacia el universo de los libros, que también por toda la eternidad giraba y se reproducía de continuo, hacia ese mundo sobre nuestro mundo.

Por supuesto, estaba muy bien considerado en el Café Gluck, cuya fama se entretejía para nosotros más con su cátedra invisible que con quien le daba nombre, el gran músico, el creador del *Alceste* y la *Ifigenia:* Christoph Willibald Gluck. Mendel era un aditamento de aquel lugar tanto como la vieja caja registradora de cerezo, como los dos billares tan remendados o la cafetera de cobre, y su mesa se guardaba como una reliquia. Porque sus numerosos clientes y peticionarios de información eran amablemente invitados por el personal a pedir algo cada vez que iban, de forma que la mayor parte de las ganancias de su saber fluían, en realidad, hacia la ancha cartera de piel que llevaba a la cadera el encargado Deubler. A cambio, Mendel, el de los Libros, disfrutaba de ciertos privilegios. Disponía de teléfono gratuito, le recogían las cartas y le llevaban todo lo recibido; la encargada de los lavabos, una mujer mayor y buena, le cepillaba el abrigo, le cosía los botones y le llevaba cada semana un hatillo de ropa a lavar. Solo él podía pedir a la fonda vecina el almuerzo, y todas las mañanas venía el señor Standhartner, el dueño del café, a saludarlo en persona a su mesa (aunque, en realidad, la mayor parte de las veces, sin que Jakob Mendel, absorto en sus libros, fuese consciente del saludo). Entraba a las siete y media de la mañana en punto y solo se iba cuando apagaban las luces. No hablaba nunca con los otros clientes, no leía el periódico, no notaba los cambios y, cuando el señor Standhartner le preguntó una vez educadamente si no leía con la luz eléctrica mejor que antes, al resplandor mortecino y titilante de los quinqués, él miró asombrado las bombillas: aquel cambio, a pesar del ruido y el martilleo de una instalación que había durado días, le había pasado por completo desapercibido. A través de los redondeles de sus gafas, a través de aquellas dos lentes centelleantes y permeables, solo se filtraban en su cerebro los millares de infusorios negros de las letras; todo lo demás pasaba por su lado como ruido vacío. En realidad, llevaba más de treinta años del tiempo de vigilia de su vida en aquella mesa cuadrada leyendo, comparando, calculando, en un incesante sueño continuo, interrumpido solo para dormir.

Por eso sentí como una especie de sobresalto cuando vi la mesita de mármol de los oráculos de Jakob Mendel vacía como una losa sepulcral resplandecer apenas en aquel salón. Solo entonces, habiéndome hecho mayor, entendí cuánto desaparece con cada persona así, primero porque todo lo único es cada día más valioso en nuestro mundo, que se vuelve sin remedio cada vez más monótono. Y, además, porque el joven inexperto que yo había sido había tenido la corazonada de un gran afecto por aquel Jakob Mendel. Y, sin embargo, yo lo había olvidado... por supuesto en los años de la guerra y en una entrega a mi obra no tan distinta de la suya. Ahora, sin embargo, ante aquella mesa vacía, sentí una especie de vergüenza ante él y, al mismo tiempo, una renovada curiosidad.

Porque ¿dónde estaba? ¿Qué había sido de él? Llamé al camarero y le pregunté. No, al tal señor Mendel, lo sentía, no lo conocía, ningún señor con ese apellido frecuentaba el

café. Pero tal vez el encargado lo conociese. Este adelantó torpe su panzón, dudó, se lo pensó: no, tampoco él conocía al señor Mendel. ¿Tal vez me refería al señor Mandl? ¿El señor Mandl de la mercería de la Floriangasse? Un sabor amargo me vino a los labios, el sabor de lo efímero: ¿para qué vivir si el viento borra, tras nuestros pies, hasta la última huella que dejamos? Treinta años, cuarenta tal vez, había respirado una persona en aquel salón de un par de metros cuadrados, había leído, pensado, hablado allí, y solo tres años, cuatro, habían de pasar para que llegase un nuevo faraón, y ya nadie sabía nada de José, ¡ya nadie sabía en el Café Gluck nada de Jakob Mendel, el de los Libros! Casi furioso le pregunté al encargado si no me sería posible hablar con el señor Standhartner o si no quedaba nadie en el café del viejo personal. Ah, el señor Standhartner, Dios mío, hacía mucho que había vendido el café, había fallecido, y el antiguo encargado vivía ahora en su casita de camino a Krems. No, nadie seguía allí… Pero ¡sí! La señora Sporschil aún estaba, la encargada de los lavabos (vulgo: la señora del chocolate). Pero seguro que ella no se acordaba ya de un cliente en particular. No pude evitar pensar: a un Jakob Mendel no se lo olvida, e hice que la llamaran.

Vino, la señora Sporschil, con el pelo blanco desgreñado y pasos un poco hidrópicos, desde sus aposentos traseros, secándose aún apresuradamente las rojas manos en un trapo:

era evidente que acababa de fregar su deslucido dominio o de limpiar las ventanas. Por su manera segura, lo supe enseguida: le resultaba desagradable que hubiesen llamado sin más aviso para presentarse bajo las grandes bombillas en la parte noble del café. Así que me miró primero desconfiada, con una mirada desde abajo, una próxima mirada humilde. ¿Qué podía yo querer de ella que fuera bueno? Pero, en cuanto le pregunté por Jakob Mendel, me contempló con los ojos abiertos, franca y directa, y se irguió echando los hombros atrás.

—Dios mío, el pobre señor Mendel, ¡que aún piensa en él alguien! Sí, el pobre señor Mendel. —Casi lloraba, tanto se había emocionado, como la gente mayor siempre cuando se le recuerda su juventud, algún punto común bueno que se había olvidado.

Le pregunté si aún vivía.

—Ay, Dios mío, el pobre señor Mendel, debe de hacer cinco o seis años, no, siete, que murió. Un hombre tan amable, tan bueno, y pensar cuánto tiempo lo conocí, más de veinticinco años, él ya estaba aquí cuando yo comencé a trabajar. Y qué vergüenza cómo lo dejaron morir.

Se había ido acalorando; me preguntó si yo era pariente. Nunca nadie se había ocupado de él, nadie había preguntado nunca... Y ¿es que no sabía yo lo que había pasado?

No, no sabía nada, le aseguré; tenía que contármelo, contármelo todo. La buena mujer se mostraba esquiva y avergonzada, y no dejaba de secarse las manos mojadas. Lo entendí: le resultaba penoso estar, como encargada de los lavabos, con el delantal sucio y el desaliñado pelo blanco, en medio del café y, además, no dejaba de mirar con miedo a derecha e izquierda por si la oía alguno de los camareros. Así que le propuse ir al salón de juegos, al antiguo sitio de Mendel: allí me lo contaría todo. Aceptó conmovida con un gesto, agradecida de que la entendiese, y fue por delante ella, la anciana, ya un poco vacilante, y yo detrás. Los dos camareros se nos quedaron mirando, asombrados por la conexión, y algunos de los clientes quedaron extrañados también por la irregular pareja que formábamos. Y allí, en la mesa de Mendel, me contó la mujer (algunos detalles me los completó más tarde otra conversación) la caída de Jakob Mendel, de Mendel, el de los Libros.

Así pues, me contó, Mendel había continuado yendo, aun con la guerra ya empezada, día tras día a las siete y media de la mañana, a sentarse y estudiar todo el día como siempre, sí; todos habían tenido la sensación, y hablado a menudo sobre ello, de que no se había enterado siquiera de que había una guerra. Yo debía de saber que Mendel nunca miraba un periódico y que no hablaba nunca con nadie; pero tampoco cuando los pregoneros habían proclamado a voces las ediciones especiales, y todos los demás se habían arremolinado alrededor, se había levantado ni escuchado nunca. Tampoco había notado que faltaba Franz, el camarero (que había caído en Gorlice), ni sabido que habían hecho prisionero al hijo del señor Standhartner en Przemyśl, y no había dicho jamás una palabra sobre el pan cada vez más miserable, y sobre el hecho de que ya no le servían leche, sino aquel deleznable sucedáneo de café hecho de higos. Solo una vez se había preguntado por qué iban tan pocos estudiantes: eso había sido todo.

—Dios mío, el pobre hombre, nada le preocupaba ni alegraba más que sus libros.

Pero entonces, un día, había ocurrido una desgracia. A las once de la mañana, en pleno día, había venido un guardia con un policía secreta, había enseñado la insignia del ojal y preguntado si iba por allí un tal Jakob Mendel. Se habían acercado luego, de inmediato, a su mesa y, sin sospechar nada, él había creído aún que querían comprar libros o preguntarle algo. Pero enseguida le pidieron que fuese con ellos y fueron a llevárselo. Había sido una auténtica vergüenza para el café: todos se habían reunido en torno al viejo señor Mendel cuando lo habían levantado entre los dos, las gafas en el pelo y mirando a un lado y a otro, de uno a otro, sin saber lo que querían en realidad de él. Pero ella le había dicho al gendarme, en menos que canta un gallo, que debía de tratarse de un error, que un hombre como el señor Mendel no era capaz de hacerle daño ni a una mosca; pero, entonces, el policía secreta le había gritado que no se inmiscuyese en asuntos oficiales. Y, luego, se lo habían llevado, y no había vuelto durante mucho tiempo, dos años. Aún ahora que lo contaba seguía sin saber muy bien lo que querían de él.

—Pero puedo jurar —dijo acalorada la anciana— que el señor Mendel no puede haber hecho nada malo. Se equivocaron, pongo la mano en el fuego. Fue un crimen con el pobre inocente, ¡un crimen!

Y tenía razón, la buena y conmovedora señora Sporschil. Nuestro amigo Jakob Mendel no había hecho en realidad nada reprochable, solo (no fue hasta más tarde cuando supe todos los detalles) una tontería increíble, conmovedora, totalmente improbable incluso en aquellos tiempos absurdos, explicable solo por el total ensimismamiento, por la distancia lunar a la que parecía vivir en realidad. Lo que había ocurrido había sido esto: en la oficina de censura militar, obligada a vigilar toda la correspondencia con el extranjero, habían interceptado un día una tarjeta postal escrita y firmada por un tal Jakob Mendel, franqueada como es debido para otro país, pero —caso increíble— dirigida a uno enemigo, una tarjeta remitida a Jean Labourdaire, librero en París, Quai de Grenelle, en la que el mencionado Jakob Mendel se quejaba de no haber recibido los últimos ocho números mensuales del *Boletín Bibliográfico de Francia* a pesar de haber pagado por adelantado la suscripción anual. El funcionario encargado, profesor de secundaria, romanista aficionado al que habían encasquetado la levita azul de los reservistas, se asombró cuando le llegó a las manos aquel documento. Una broma tonta, pensó. Entre las dos mil cartas que tenía que registrar y analizar a la semana en busca de comunicados dudosos y expresiones sospechosas de espionaje, nunca había tenido entre manos un hecho tan absurdo: que alguien en Austria remitiese con tal despreocupación una carta a Francia, es decir, que hubiese echado al buzón tan cómoda y sencillamente una tarjeta para el extranjero beligerante, como si las fronteras no estuviesen cerradas desde 1914 con alambre de espino, y cada día de Dios no se redujeran recíprocamente Francia, Alemania, Austria y Rusia el número de habitantes masculinos en un par de millares de hombres. Al principio, visto lo visto, dejó la tarjeta como curiosidad en el cajón de su escritorio, sin dar parte de semejante absurdo. Pero tras unas semanas llegó de nuevo una tarjeta del mismo Jakob Mendel para un Bookseller John Aldridge de Londres, Holborn Square, preguntando si no podía enviarle los últimos números de la *Anticuarios* y, de nuevo, estaba firmada por aquel curioso individuo, Jakob Mendel, que con ingenuidad conmovedora adjuntaba su dirección completa. Ahora el profesor de secundaria hecho a su uniforme se sintió algo incómodo en su levita. ¿Se escondía al final algún sentido enigmático y cifrado tras aquella torpe broma? En cualquier caso, se levantó, dio un taconazo y le puso las dos tarjetas al comandante sobre la mesa. Este se encogió de hombros: ¡un caso curioso! Primero avisó a la Policía para que investigase si aquel Jakob Mendel existía de verdad, y una hora más tarde ya habían arrestado a Jakob Mendel y lo habían llevado, aún sintiendo vértigo por la sorpresa, ante el comandante. Este le presentó las misteriosas tarjetas postales y le preguntó si reconocía al remitente. Provocado por el estricto tono y, sobre todo, porque lo habían arrancado de la lectura de un importante catálogo, Mendel vociferó casi grosero que por supuesto que había escrito él las tarjetas. Uno tenía derecho aún a reclamar una suscripción ya pagada. El comandante se giró en la butaca en diagonal hacia el teniente en la mesa de al lado. Se hicieron un guiño cómplice: ¡un loco de remate! Entonces, el comandante sopesó si solo debía echarle un buen rapapolvo y espantar a aquel simplón, o si tomarse el caso en serio. En esta circunstancia de indecisión, las autoridades casi siempre se decantan por seguir el protocolo. Un protocolo está siempre bien. Si no sirve para nada, al menos no hace daño, y solo se rellena un montón de papeles sin sentido más entre otros tantos millones.

En este caso, sin embargo, hizo daño, por desgracia, a una pobre persona sin la menor sospecha, pues ya a la tercera

pregunta se descubrió algo funesto. Le pidieron primero su nombre: Jakob, en realidad, Jainkeff Mendel. Oficio: baratillero (no tenía, de hecho, licencia de librero, solo un permiso de venta ambulante). La tercera pregunta fue la catástrofe: lugar de nacimiento. Jakob Mendel mencionó un pueblecito cerca de Piotrków. El comandante levantó las cejas. Piotrków, ¿no estaba eso en la Polonia rusa, cerca de la frontera? ¡Qué mala espina! ¡Mucha! Así que le inquirió con más rigor cuándo había conseguido la ciudadanía austriaca. Las gafas de Mendel lo miraron ignorantes y maravilladas: no entendía. Por todos los demonios, si tenía sus papeles, sus documentos, y dónde. No tenía nada más que su permiso de venta ambulante. El comandante levantó aún más las cejas. Entonces ¿cómo estaba lo de su ciudadanía?, que lo aclarase de una vez. ¿Qué había sido su padre? ¿Austriaco o ruso? Con toda la calma del mundo, Jakob Mendel contestó: ruso, por supuesto. ¿Y él? Ah, él había cruzado a escondidas la frontera rusa hacía treinta y tres años y, desde entonces, vivía en Viena. La inquietud del comandante aumentaba. ¿Cuándo había recibido la ciudadanía austriaca entonces? ¿Para qué?, preguntó Mendel. Nunca se había ocupado de tales cosas. Así que, entonces, ¿seguía siendo ciudadano ruso? Y Mendel, al que este insípido interrogatorio hacía rato que aburría, contestó indiferente:

—En realidad, sí.

El comandante se echó hacia atrás tan bruscamente impresionado que la butaca crujió. ¡Ahí estaba! En Viena, en la capital de Austria, en medio de la guerra, a finales de 1915, después de Tarnów y de la gran ofensiva, un ruso paseaba sin que lo molestasen, escribía cartas a Francia e Inglaterra, y la Policía no se ocupaba de nada. Y luego los cabezas de alcornoque de los periódicos se maravillaban de que Conrad von Hötzendorf no hubiese avanzado enseguida hacia Varsovia; luego se asombraban en el Estado Mayor cuando cada movimiento de las tropas se comunicaba mediante espías a Rusia. El teniente, por su parte, se había levantado y se acercó a la mesa: la conversación se convirtió nítidamente en interrogatorio. ¿Por qué no se había inscrito enseguida como extranjero? Mendel, aún de buena fe, contestó en su cantarina jerigonza judía:

—¿Por qué debería haberlo hecho enseguida?

En esa pregunta de vuelta, el comandante vislumbró un reto y preguntó amenazante si no había leído las promulgaciones. ¡No! ¿Es que no leía los periódicos? ¡No!

Los dos miraron al ya algo sudado, debido a la inseguridad, Jakob Mendel, como si la luna hubiese caído allí, en medio del despacho. Luego crepitaron los teléfonos, tamborilearon los teclados de las máquinas de escribir, circularon los ordenanzas, y Jakob Mendel fue entregado al calabozo del cuartel para que lo trasladasen con el siguiente grupo a un campo de prisioneros. Cuando le indicaron que siguiese a los dos soldados, miró indeciso. No entendía lo que querían de él, pero, la verdad, no estaba preocupado. ¿Qué podía tener, al fin y al cabo, aquel hombre del cuello dorado y la voz áspera contra él? En su mundo superior de libros no había guerra, no había malentendidos, sino solo el eterno saber y querer saber más de números y palabras, y títulos y nombres. Así que bajó las escaleras mansamente entre los dos soldados. No fue hasta que los policías le sacaron todos los libros de los bolsillos del abrigo y le pidieron la cartera en la que había guardado cientos de direcciones de clientes y notas importantes cuando comenzó a revolverse furioso. Tuvieron que sujetarlo. Pero, al hacerlo, por desgracia, se le resbalaron las gafas al suelo y eso hizo añicos su mágico telescopio al mundo intelectual. Dos días más tarde lo despacharon con un ligero abrigo de verano a un campo de concentración de presos civiles rusos en Komárom.

Sobre lo que debió de sentir Jakob Mendel en esos dos años de campo de prisioneros en lo que a horror mental se refiere, sin libros, sus amados libros, sin dinero, en medio de los compañeros indiferentes, toscos, en su mayoría analfabetos, de aquel enorme escombrero de la humanidad, lo que debió de sufrir allí, separado de su mundo de libros superior y único como un águila a la que han cortado el acceso a su elemento etéreo, sobre eso, falta todo testimonio. Pero el

mundo desengañado de su insensatez ha ido descubriendo que, de todas las crueldades y los abusos de aquella guerra, no hubo ninguno más sin sentido, inútil y, por tanto, inexcusable moralmente, que el de juntar y encerrar tras alambre de espino a civiles desprevenidos, que habían superado hacía mucho la edad de servir, que habían vivido muchos años en un país extraño al que consideraban su patria y que, por pura confianza en eso mismo y en las leyes de la hospitalidad, sagradas incluso entre los tunguses y los araucanos, habían perdido la oportunidad de huir: un crimen contra la civilización, cometido de manera igualmente insensata en Francia, Alemania e Inglaterra, y hasta en el último rincón de nuestra Europa enloquecida. Y puede que Jakob Mendel hubiese sucumbido a la locura, como cientos de otros inocentes, tras aquella valla, o lamentablemente perecido de disentería, debilitamiento, ruina intelectual, si no lo hubiese devuelto a su mundo, por pura casualidad, justo a tiempo, un auténtico austriaco. Fueron, de hecho, varias las cartas de distinguidos clientes que, tras su desaparición, le llegaron al café; el conde Schönberg, antiguo gobernador de Estiria, fanático coleccionista de obras heráldicas, el antiguo decano de la Facultad de Teología de Siegenfeld, que trabajaba en un comentario de san Agustín, el octogenario almirante de marina retirado Edler von Pisek, que aún lo recordaba perfectamente: todos ellos, sus fieles clientes, habían escrito repetidamente a Jakob Mendel en el Café Gluck, y de esas cartas se le enviaron algunas al desaparecido en el campo de prisioneros. Allí cayeron en manos del, por fortuna, bienintencionado capitán, que se asombró de las distinguidas relaciones de aquel pequeño judío, medio ciego y sucio que, desde que le habían roto las gafas (no tenía dinero para hacerse con unas nuevas), se encogía en un rincón como un topo gris, mudo y sin ojos. Alguien con aquellos amigos debía de ser, sin embargo, algo fuera de lo común. Así que permitió a Mendel responder a aquellas cartas y pedir a sus bienhechores su intercesión. Esta no dejó de llegar. Con la solidaridad apasionada de todos los coleccionistas, tanto sus excelencias como el decano se esforzaron en poner en marcha sus contactos, y sus avales combinados consiguieron que Mendel, el de los Libros, pudiese regresar a Viena en 1917, tras más de dos años de confinamiento, siempre con la condición de presentarse ante la Policía a diario. Aun así, podía volver al mundo libre, a su buhardillita, vieja, estrecha, podía volver a su amado comercio de libros y, sobre todo, a su Café Gluck.

Este regreso de Mendel del inframundo infernal al Café Gluck pudo relatármelo la buena de la señora Sporschil por experiencia propia.

—Un día... Jesús, María y José, creía que me engañaban los ojos... Ahí que se abre la puerta, ya sabe usted, de esa manera peculiar, solo una rendijita, que él tenía, y de pronto entra a traspiés en el café el pobre señor Mendel. Llevaba un raído abrigo militar lleno de zurcidos, y algo en la cabeza, que tal vez había sido en algún momento un sombrero, uno que habían tirado a la basura. No llevaba puesto cuello y tenía aspecto de muerto, la cara gris y el pelo también, y tan flaco que daba pena. Pero entra como si nada hubiera pasado, no pregunta nada, no dice nada, se acerca a su mesa y se quita el abrigo, pero no como antes, diestra y fácilmente, sino jadeando y con dificultad. Y no llevaba ni un libro como solía... No hace más que sentarse en silencio y mirando al frente con la mirada perdida, los ojos apagados. Solo poco a poco, cuando le habíamos traído todo el paquete de publicaciones que habían llegado para él de Alemania, comenzó a leer de nuevo. Pero ya no volvió a ser el mismo.

No, no era el mismo, no era ya el *Miraculum mundi,* el registrador mágico de todos los libros: todos los que lo vieron entonces me contaron apesadumbrados la misma historia. Algo parecía roto sin remedio en su por lo demás tranquila mirada, que leía como medio dormida; algo se había derrumbado: el espeluznante cometa de sangre debía de haber chocado estruendosamente, en su rápido paso, también contra la estrella singular, pacífica, serena de su mundo de libros. Sus ojos, durante décadas acostumbrados a las letras suaves, silenciosas, de garrapata de los escritos, debían de haber sido testigos de todo horror en aquel escombrero rodeado de alambre de espino, pues los párpados caían pesados sobre las pupilas antaño tan vivas e irónicas, y oscurecían adormilados y con los bordes enrojecidos la mirada antes tan animada tras las gafas reparadas con cuidado con finos alambres. Y lo más terrible: en la arquitectura fantástica de su memoria debían de haberse venido abajo ciertos pilares y toda la estructura había dado en el caos, pues nuestro cerebro es tan blando, un montaje de la más sutil de las sustancias, un instrumento de precisión finísimo de nuestro conocimiento, que una vénula comprimida, un nervio perturbado, una célula agotada, que cualquier molécula de este estilo descentrada, basta para desafinar la armonía esférica más soberana. Y, en la memoria de Mendel, aquel teclado único del saber, se habían paralizado desde su regreso las teclas. Cuando de vez en cuando alguien le pedía información, él lo miraba agotado sin entender ya bien, se equivocaba y olvidaba lo que le decían: Mendel no era ya Mendel, como el mundo no era ya el mundo. Ya no se acunaba ensimismado cuando leía, sino que, por lo general, se quedaba sentado rígido, las gafas dirigidas solo mecánicamente al libro, sin que se pudiese saber si estaba leyendo o solo adormilado. Más de una vez se le caía, me contó Sporschil, la cabeza pesadamente sobre el libro, y se dormía en pleno día, otras veces contemplaba durante horas la extraña luz hedionda de la lámpara de acetileno que en aquella época de escasez de carbón había sobre la mesa. No, Mendel no era ya Mendel, no era ya una maravilla del mundo, sino un hato de ropa y barba inútil, que respiraba con fatiga, derrumbado sin sentido en la butaca antaño mística, ya no la fama del Café Gluck, sino una deshonra, una mancha de grasa, maloliente, asquerosa, un parásito incómodo e innecesario.

Así lo vio también el nuevo propietario, de nombre Florian Gurtner, oriundo de Retz, que se había enriquecido en el año del hambre de 1919 con el estraperlo de harina y mantequilla, y había sacado al probo Standhartner el Café Gluck por ocho mil coronas a tocateja. Tomándolo entre sus robustas manos campesinas, se apresuró a renovar el venerable café: con bonos sin valor compró justo a tiempo nuevos sillones, hizo construir un portal de mármol y hasta negoció por el local vecino para construir una sala de baile. Durante este apresurado embellecimiento le molestaba, por supuesto, mucho aquel parásito de Galitzia que se pasaba el día entero, desde temprano por la mañana hasta bien entrada la noche, ocupando él solo una mesa sin consumir nada más que dos cafés y cinco panecillos. De nada sirvió que Standhartner le hubiese encargado que cuidase a su antiguo cliente y que hubiese intentado explicarle qué hombre notable e importante era aquel Jakob Mendel; lo había entregado, se podría decir, con el resto del local como una servidumbre sobre la empresa. Pero Florian

Gurtner se había empeñado en tener muebles nuevos y una caja registradora de aluminio reluciente con el convencimiento de quien está en momento de ganar, y solo esperaba una excusa para echar a aquel último resto molesto de pobreza arrabalera de su local devenido elegante. Una buena oportunidad pareció ofrecérsele pronto, pues a Jakob Mendel no le iba bien. Sus últimos ahorros se habían pulverizado en la trituradora de la inflación, sus clientes habían ido reduciéndose. Y para volver a subir escaleras como baratillero de libros, acumular libros como ambulante, para eso le faltaban las fuerzas al extenuado Mendel. Le iba mal, se veía en un centenar de pequeños indicios. Apenas pedía ya nada de la fonda y dejaba a deber cada vez más tiempo, a veces hasta tres semanas, incluso el más mínimo gasto en pan y café. Ya entonces quería el encargado ponerlo de patitas en la calle. Pero la buena de la señora Sporschil, la encargada de los baños, se compadeció y fue su fiadora.

Pero en el siguiente mes sucedió la desgracia. El nuevo encargado había notado ya varias veces que, al hacer las cuentas, nunca cuadraba la de los bollos. Cada vez resultaba que faltaban más panecillos de los que se habían pedido y cobrado. Sus sospechas recayeron enseguida, por supuesto, en Mendel, pues más de una vez había venido el mozo cojo a protestar que Mendel llevaba sin pagarle desde hacía medio año y que no podía sacarle ni un centavo. Así que el encargado prestó entonces especial atención, y dos días más tarde consiguió por fin, escondido detrás de la pantalla de la estufa, pillar a Jakob Mendel levantándose sigiloso de su mesa para ir al salón delantero y tomar a toda prisa dos panecillos de la cesta del pan, que se comió ávidamente. Cuando fueron a cobrarle dijo que no había comido ninguno. Así se aclararon las cuentas. El camarero informó enseguida del suceso al señor Gurtner y este, contento de tener la excusa largamente buscada, rugió contra Mendel delante de todo el mundo, lo culpó del robo e hizo gala incluso de no llamar de inmediato a la Policía. Pero le ordenó que se marchase al punto y para siempre. Jakob Mendel solo tembló, no dijo nada, se puso torpemente en pie y se marchó.

—Fue una canallada —así describió la señora Sporschil aquella salida—. Nunca olvidaré cómo se levantó, las gafas puestas sobre la frente, blanco como una sábana. No se tomó el tiempo ni de ponerse el abrigo, aunque era enero, ya sabe usted el frío que hizo ese año. Y, de puro sobresalto, se dejó el libro en la mesa, solo me di cuenta más tarde y quise dárselo. Pero ya se había ido. Y yo no me atreví a salir tras él a la calle porque en la puerta se había plantado el señor Gurtner para seguir gritándole de tal manera que la gente acabó por levantarse y arremolinarse a su alrededor. Sí, fue una vergüenza; me avergoncé hasta lo más profundo de mi ser. Algo así no habría pasado nunca con el viejo señor

Standhartner, que lo echasen así solo por un par de panecillos: con él, podría haber comido sin pagar el resto de su
vida. Pero la gente de hoy no tiene corazón. Echar así a alguien que se ha sentado en el café día tras día durante más
de treinta años... Una auténtica vergüenza, y no le encuentro
justificación ante el buen Dios, yo no.

Se había alterado mucho, la buena mujer, y con la locua-
cidad apasionada de la vejez repetía una y otra vez lo de la
vergüenza y que el señor Standhartner no habría sido capaz
de algo así. Así que, para concluir, tuve que preguntarle qué
había sido, entonces, de nuestro Mendel, y si lo había vuelto
a ver. Esto le dio fuerzas y se alteró aún más.

—Todos los días, cuando pasaba por su mesa, cada vez,
puede creerme usted, me daba una punzada el corazón.
Siempre pensaba dónde andará, el pobre señor Mendel, y, si
hubiese sabido dónde vivía, habría ido a llevarle algo calien-
te de comer, porque ¿de dónde iba a sacar el dinero para la
calefacción y la comida? Y parientes en el mundo, por lo que
yo sé, no tenía ninguno. Pero, al final, como no sabía nada de
nada, llegué a pensar que debía de haberse muerto y que no
volvería a verlo. Y hasta pensé si no debía pedirle una misa,
pues era un buen hombre y lo conocía desde hacía más de
veinticinco años.

»Pero un día de febrero temprano, a las siete y media de
la mañana, estaba yo limpiando el latón de las barras de las

ventanas y, de repente (la verdad: me dio impresión), de repente se abrió la puerta y entró Mendel. Ya sabe usted: siempre fue encorvado y arrugado, pero esta vez era otra cosa. Me di cuenta enseguida, se balanceaba de un lado a otro, con los ojos vidriosos y, por Dios, con qué aspecto: no era más que piernas y barba. Me pareció siniestro cómo lo vi: me dio la sensación de que no era consciente de nada, de que caminaba en pleno día como un sonámbulo que lo ha olvidado todo, lo de los panecillos y el señor Gurtner y lo vergonzosamente que lo había echado; no sabía ni quién era. Gracias a Dios, el señor Gurtner no había llegado aún y el encargado estaba tomando un café. Así que me acerqué a él deprisa para explicarle que no podía quedarse, que no podía dejar que lo echase de nuevo aquel canalla —y, al decirlo, miró medrosa alrededor y se corrigió enseguida—, quiero decir: el señor Gurtner. Así que lo llamé: "Señor Mendel". Él me mira. Y, entonces, en ese instante, Dios mío, fue terrible: en ese instante debió de recordarlo todo, pues se sobresaltó y comenzó a temblar, pero no solo los dedos, no, todo le tiritaba, hasta los hombros, y se volvió a toda prisa hacia la puerta. Y ahí se cayó. Enseguida llamamos a la sociedad de utilidad pública por teléfono, y ellos se lo llevaron, con fiebre como estaba. Murió esa noche. Neumonía grave, dijo el médico, y también que no estaba del todo consciente cuando llegó al café. Que había venido como dormido. Dios mío, cuando alguien se ha sentado treinta y seis años cada día así, hasta una mesa es su hogar.

Hablamos aún mucho rato de él, los dos últimos que habíamos conocido a aquella persona tan especial: yo, a quien de joven, a pesar de su existencia microscópica, dio la primera idea de una vida completa de la mente; y ella, la pobre encargada de los baños que se mataba a trabajar, que nunca había leído un libro, que solo estaba unida a aquel camarada de su pobre mundo porque le había cepillado el abrigo y le había cosido los botones durante veinticinco años. Y, sin embargo, nos entendimos a las mil maravillas en la antigua mesa abandonada de Mendel, en compañía de su sombra conjurada por nuestra unidad, pues el recuerdo siempre une, y por duplicado aquel recuerdo en el afecto. De pronto, en medio de la charla, reflexionó:

—Jesús, qué olvidadiza soy. Aún tengo el libro que dejó entonces en la mesa. ¿Dónde iba a llevárselo? Y, luego, como nadie vino, luego me dije que podía quedármelo de recuerdo. ¿Verdad que no hice mal?

Lo trajo deprisa de su cuartito trasero. Y me costó reprimir una sonrisita, porque el destino juguetón y a veces irónico mezcla siempre lo conmovedor con lo cómico de manera maliciosa. Era el segundo volumen de la *Bibliotheca Germanorum erotica et curiosa* de Hayn, el compendio de literatura galante bien conocido por todo coleccionista de libros. Justo aquel índice escabroso —*habent sua fata libelli*— había sido el último legado que el mago desaparecido había dejado en esas manos rojas, ajadas, iletradas, que no habían sostenido nunca otra cosa que el misal. Me costó apretar los labios para que no se me escapase involuntariamente la sonrisa, y este leve titubeo confundió a la buena mujer. ¿Era tal vez algo valioso? ¿O me parecía que podría quedárselo?

Le di la mano con cariño.

—Quédeselo tranquilamente, nuestro viejo amigo Mendel se alegraría de saber que al menos uno de los muchos millares que le deben libros aún recuerda uno suyo.

Y luego me fui y me avergoncé ante el recuerdo de aquella buena anciana que, a su manera ingenua y sin embargo humana, había permanecido fiel a aquel difunto. Pues la iletrada había conservado al menos un libro para recordar mejor al hombre, mientras que yo, yo había olvidado durante años a Mendel, el de los Libros, justo yo que, sin embargo, debía de saber que los libros solo sirven para unir por encima del propio aliento a las personas y protegerlas así de la oposición inexorable a la que se enfrenta toda existencia: su naturaleza efímera y el olvido.

TÍTULOS DE LA COLECCIÓN:

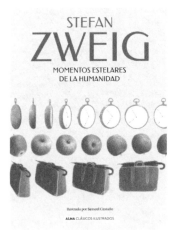